当代诗人自选诗

造一座城

张夷 —— 著

中国书籍出版社
China Book Press

图书在版编目（CIP）数据

造一座城 / 张夷著 . — 北京：中国书籍出版社，
2019.4

ISBN 978-7-5068-7237-9

Ⅰ . ①造… Ⅱ . ①张… Ⅲ . ①诗集－中国－当代
Ⅳ . ① I227

中国版本图书馆 CIP 数据核字（2019）第 027540 号

造一座城

张　夷　著

图书策划	成晓春　崔付建
责任编辑	邹　浩
责任印制	孙马飞　马　芝
出版发行	中国书籍出版社
地　　址	北京市丰台区三路居路 97 号（邮编：100073）
电　　话	（010）52257143（总编室）（010）52257140（发行部）
电子邮箱	eo@chinabp.com.cn
经　　销	全国新华书店
印　　刷	三河市华东印刷有限公司
开　　本	880 毫米 ×1230 毫米　1/32
字　　数	70 千字
印　　张	6
版　　次	2019 年 4 月第 1 版　2019 年 4 月第 1 次印刷
书　　号	ISBN 978-7-5068-7237-9
定　　价	38.00 元

序　言

李惊涛

这个男人，张夷，真正的才华横溢啊。至于如何描述他，那倒是真的充满不确定性。不过，我们常常会这样脱口而出：要是我哥哥就好了。

他是所有人的哥哥，因此不是任何人的哥哥。他只带给你"现场"，他只是一个从我们的视线中倏然而过，便消失在地平线——古时所谓天涯中的一个过客。

全世界都是他的"现场"。现在，他又企图在这个"现场"上，造一座城。一座风雨交加的、落英缤纷的"乌托邦"。

我认识他，张夷，已经三十年。三十年里，我只见过他三面。但我无怨无悔，无喜无悲，无忧无虑。因为他的诗，不断出现在报刊上；他的歌，不断更新在网媒中。即便那几年他远在异国他乡，也走不出我的视野；他如果忽然敲门，我们必定畅饮以至宿醉。这种在场感，使我们得以保持数十年的友谊。

不只是我，我们遍布在这个世界各个地方的众多兄弟，都喜欢这个男人，张夷，缘于他的歌、他的曲、他的画，特别是他的诗。

张夷的诗，是真正浪漫的诗。我敢这么说，是因为他，是真正浪漫的人。无法想象，诗人不浪漫，却能写出浪漫的诗。因为，诗人与小说家不同。小说家写杀人，他不必杀人；小说家写人被杀，他不必被杀。从这点上看，小说家不那么诚实。他们习惯玩虚的，就是说，虚构；虚构得久了，要让他们说真话，就不容易了。

但诗人不同。因此，张夷与我们不同。他所有的理念，一定是思考的产物。

当然，他诗中的浪漫，也不是通常意义上的。他所有的感受，一定是内心的体验。生与死对他都是壮阔的，这是一种珍贵的别样的浪漫。所以，他的生与死之间的人生现场也是壮阔的。他诗中的浪漫，是生死之间的一座独木桥。

作为诗人，他真诚如婴，纯洁如云。但是，他的精神苍凉起来，会瞬间如夕阳；情感奔泻起来，能顷刻如飞瀑。他守望你时，会执着如树；而悲悯起人来，则深刻如海。这个人，就是张夷。

他说：诗意是活出来的，而不是写出来的。

现在，20世纪的地已走，21世纪的水在流。张夷来了。他双脚虽然疼痛有加，吟游却回声清晰，这就是诗集《造一座城》。

顺便说明下，"大弓一郎"是张夷的网名（或笔名）。他的许多诗、许多歌、许多的美术作品都是用这个名字发表的。人们或称他"大弓先生"，或称他"一郎兄"。不管你认不认识张夷，这个叫"大弓一郎"的人，就是张夷。

这个红尘滚滚的时代，正扼杀浪漫于无形。但张夷这近200首带着精神温度的诗，拒绝配合时代的残酷。即使诗集中的浪漫，有时疼痛，有时苍凉，有时孤独，有时愤怒，有时忧伤，有时呆萌……但是，它们一定优雅、纯情、温暖、高贵……因为张夷，好固执啊，想让浪漫存活于世，令人类不至窒息。

是为序。

2016.6.20于中国计量大学人文社科学院

（作者系中国作家协会会员、中国计量大学人文社科学院中国文化研究中心主任）

目录 / Contents

现场2015

现场2016

现场2017

现场 2013

预　言

今天，我献出自己的身体
100种矿物质，去治疗某人的
失忆症

今天我把世界理解为一棵树
上面悬挂的日子，正一片一片
掉下来

谜

在被雷电击中的树下
做一夜灵魂的仆人
在想象的炉灶前
点火、升温，引发沸腾的
尖叫

我是幸福的人类
也是归还欲念的狮子

在黎明，我会爱上野花香

狼与狼的足迹
是一群狼的足迹
黎明时，一群狼的足迹
也是鱼肚白的
一次小小的骚动
都会花开四野

在黎明，我会爱上
野花香

下了一周的雨终于停了

拉开厚窗帘
阳光"哗"地涌了进来
"幸亏不是水
否则，早被淹死了"
我这样想

其实，所有的雨水
都是偏执狂
阳光也治不好
它的病
阳光不过是雨水的
劫后余生

张合之间

一个人的嘴唇
在窗纱前舞蹈，并看见了
另一个自己
而所有的寂静，那刻
都拥有了不安和动荡的
回声。一个人喝着另一个自己
斟满的酒，然后再
相互告别

告别，其实是
一种建筑，漂亮的废墟的
影子

永　生

马嘶变成汽笛
电影太容易做到了
我们一样，叫喊声中
切换着沉默的日子
在手里的旧书上
冒着浓烟的黑色火车
正当妙龄
这使我想起飘荡的
沉重的长发，让我想起
在其身后，生长出的
那些孤独的
城池

最后的晚餐

竹筷、碗碟
是沉船的后代
弄出的声响
高于风口，也高于
浪尖
浮上桌面的年轻往事
那些轻佻的火花
稍稍高于闪电

空椅子

灯光刺眼
我怀抱吉他
坐在高高的吧凳上

那晚，除了你
还有黑压压的一片
空椅子

神的仪式

身体的敌人一直在寻找
那些手握时间的人
他们，躲藏在渔网中举行仪式
有时躺着，有时
抱着头
但那匹好马从未蒙过脸
如同一处暗伤

记　叙

我的肉体，自然之沙
只要不揉进眼里，它总会
在十一月的掌心
震动。十一月的震动
产生十二月的尖叫
或一月的雪崩

而我和你的某次震动
一不小心
产生了生命

某种处境

从头到脚又把她
抚摸了一遍
那些柔软又温暖的部位
是熟悉的旧时光

但他仍旧决定
把这幅画
卖掉

长 城

一万里，不是一万个借口
所以，我爱最早的控诉
也爱那个哭倒的缺口

缺口多美！墙里墙外
我们相互眺望
心生怜悯

那天，他说他是诸葛的后裔

我想：
赤壁，也不可以
让你在我跟前装X
那个空城
小于我身体

血管里我停得下
一万只草船
连手臂上的汗毛
都可以借给你
做箭

茶

胸腔注满一场
清澈的夏雨
雷鸣
接踵而至

我与茶的情节，没有硬伤
我们不用相互告慰
只是总不如你，可以在
沸腾又透明的错误中
曼妙翻滚

端午2013

端起午后，或端详午后
都是错误的
端午，只与一个轻生者有关

端起午后的香草
或者端详午后的美人
都是五月中最危险的事
好在五月初五，街道冷清
小酒馆更冷清
诗人们都去了楚国

只是，两千三百年的去路上
从没有一个诗人想过：
大凡轻生者
他们在生前，都说过
美丽的
话

诗意的狼

我拍马赶到，还是慢了半拍
一只狼已退出群山。它把野性
交给了早春的蝴蝶、青草
与流水

没有性格的山是可悲的
狼也深知
但我什么也不能挽救！
拍马赶到，只是顺路看看
人行道上多了一只诗意的狼
世界会怎样？

茱萸的演讲

春天的事情大体是这样的
一树树梨花数过去
一树树桃花数过来

何时才能重阳
找到那个少了的人

幸福真像花儿一样

花朵像野孩子一样
或者，像一处
待揭的伤疤
许多野孩子会从
它的喉咙里的伤疤中
溜出来

一张手抄谱

我相信音符与蝌蚪
存有一种隐秘的关系
梦里，那个音乐人的脸上
布满涂改后的蝌蚪
那些喷涌而出的景象里
有人，轻轻地
喊出了声

快　件

对任何一件邮品
我都会毫不犹豫地
打开。有什么
可担心的吗？
所有的投递都是
有指向的

一束鲜花
或一枚炸弹，也都是送给
心上人的

歌莉娅修道院

我把言不由衷的人
以及语无伦次、沉默寡言
的人
都称为敌人
数百年前，这里可是有
好多的敌人啊

多好的敌人！

在 Juneau

他们都戴着棒球帽
抱着500ml的啤酒杯
低头痛哭
无关离别，也无关
伤心的事
他们只是喝多了

归

我也希望
有一条这样的公路
金色的扬尘，或
轻雾弥漫

我希望载着我
和我自己，从清晨驶向
落日之后

让我溃败的尘土

我抚摸尘土
尘土也可以，抚摸我

再摸两千年
我就是秦朝的
兵俑

小　醉

我和你隔杯相望
就像是
隔江相望
今夜，除了一场雨
所有的幸福与苦难都会落下
今夜除了凋零
花开显得偶然，除了离别
我们隔杯相望
是多大的意外啊

今夜，除了酒杯落地
世界如此安静

无 声

隔着玻璃，录音师
在弄她的长指甲
那表情
似乎要在我的声道上
狠狠地抓一下

作　品

风和日丽的春天早晨

一个朋友，法医

他让我过去

把一块裹尸布绷上画框

然后上墙

湖滨大道

水面上
从没有留下过
一道车辙
不被碾压的日子
是有欠缺的

不被反复碾压,再好的日子
也是寂寞的

理　由

为同一件事，他要想
不同的理由
久而久之，他会
想不出理由的

理由，全被他
想死了

书　房

把自己反锁起来
每次都像是在建国
（独立、王国）

我或许就是那个国王
而王后
姗姗来迟

常　常

迷路了，就朝河边走
这是常识
但很多时候，河流绝迹
也是常有的事
所以，我们在一起时
爱说"常常"这个词
常常把敌人当成对方
去爱，或蹂躏

你再想想，我们
是不是常常
这样的？

两件T恤

他拿起一件白T恤套上
再脱下，又换了一件黑色的
也许都不合适
他光着上身出了门

"他光着上身！"
这只是世俗的看法
他确信自己
今天穿了两件T恤
一件白的
一件黑的

驿　站

你是世间最后的囚徒
但缴械投降，也不过是
虚晃一枪

我想，一弯腰
你还会是弓
而你的每一次眺望
也会是一支
离弦的箭

造一座城

或许，你该仔细看一下
这失真的城市

有一天，如果我们
迎面相逢
那么，谁会先说出
彼此的陌生？

分歧者

电影总是这样的
跑着跑着跑着，一个人啊
就长大了
或者，用拟音的手法
把一条狗的幸福
嫁接给人

现场 2014

爱莫能助

寂静处，松针树转身尖叫
此刻，我们狭路相逢
你黑色的战袍下，胸口藏有
柔软的暗器

在刀剑已不流行的今天
用怎样的武器，你我才能
相互捕捉，又相互
赦免？

界　河

草木肃静
只有我们的马匹踢踏而来
剑刃也已入鞘
只有我们，逍遥而来
只有我们才可以，把夕阳
赶下山去

已到界河，就不远送了吧
兄弟，你我分道扬镳
流水才会
活起来

人类奔跑史

人类有若干的理由奔跑
但奔跑，又是一件技术活
数千年来
有人跑成了王，有人
跑成了寇
只有极少的人
跑成了自己

水磨坊

昨晚夜归，经过水磨坊
看见生锈的铁门虚掩
我以为你来了
或刚走
多好的不属于我们的灯火！
夜深了，该回家了

水，往低处流啊

女 鬼

亲爱的女鬼
你烂醉如泥时
才像人类

当然
我用一万种方法打量你
而你总是
闭着眼

圣诞夜

今夜，喝酒要喝烈酒
喝死了，也是烈士
如果只是微醺，或大醉
那正好趁着胆大
把上海，放在雪橇上
拖走

理想生活

在冬天，围着火炉
烤着羊排，喝整箱整箱的啤酒
然后不计后果地
高歌。猛进
如果有雪花飘起
就更完美了！

以上这些，如果不是想象出来的
该多好

世 态

一条铁轨通到
我的喉咙里
胃里已没有粮仓
火车向前，冬天
在后面生长

火车繁复碾过枕木
如同我，繁复碾过
你的肋骨

另一种

船总会抵达对岸
除非，你没收了我的桨
那把隽永的桨啊！
只要一入水
就是蛟龙

抒 情

与春天，也就隔着
一场雪的距离
与太阳，隔着一层
玻璃，或雾霾

与你，我们隔着
由远及近的
性别。一万匹马蹄的
"哒哒哒哒"

朝圣者

净身、修面、剪指甲
在佛脚下，就算这样
我还觉得自己脏

请原谅
带着五十年的
肉身与尘埃上山
我，已经算是一个
纯洁的家伙

赐

除了时间赐我衰老
谁也没有准备赐我什么
他们连死亡也不准备赐给我
说让我
慢慢寻找

瞳 孔

我们从另一个通道，看见
闪着光芒的身体
与灵魂
看见，抚摸之后
闪光的尘土

后来，我们闭上眼
就收藏了，两颗
宝石

绝迹的迹象

不会遇见音乐和诗
没有篝火、野餐

星星已经熄灭，阳光一息尚存
战火懒得重燃
我爱着的那匹红鬃马
它喘着粗气，还在外省

我知道，外省的酒鬼中
找不到一个
可以载入史册的
制造马鞍的人

夏　至

这一天平淡无奇
我站在树下，是阴影的
一部分
从没有说过你美
怕一说，你就
美死了

德令哈（歌词）

今夜，我在德令哈
想起我的姐姐
她还在傻傻等待
突然闯入的火车吗？
今夜的德令哈
也有一些落叶
就像是心有远方的
醉酒的马匹
今夜的德令哈
也有一些落叶
就像是雨水迎风中
老去的姐姐

哦！姐姐
别相信今夜的火车
别相信等你的诗人

别相信今夜的德令哈
它不存在

大　理

那匹马就在下关！
它毛色乌青，铁蹄上有月光
那个把马留给我的人
已不在树下

他早就退出了江湖
不过暗号与口令
还是老套的"苍山"
或"洱海"

素描风景

春天了，我的小麦
总不能抓到一副好牌
它们会输给别的种族，会被隔壁
整夜的拔节声淹死。于是
你们都看见了
它们被春风沉醉，摇摇晃晃
掀起麦浪

逗　号

晚上
十点
一粒逗号
一尾初夏的蝌蚪
此刻，这逗号
是窗外的一颗孤星
一句没有说完的话
我的心，也就此
悬着

若羌：维吉家的炊烟

维吉家的炊烟
早晚都将出窍
只是多年来
从未再梦见胡杨，这飞奔的
死马

那天，站在若羌
我把自己当成了大海
塔克拉玛干！我把你当成了
一片沙滩

维吉家的炊烟
莫非是拉我上岸的
一根缆绳？！

一把吉他

咳嗽、叹息，唏嘘、哀号
呢喃、呜咽
一把吉他六路经脉
多像是一具身体
年轻时，我在e弦上尖叫
如今我在另一个E弦上
喘着粗气

地铁一号线

检票口的机闸，始终在
模仿一双手臂
闭合是一次相拥，开启
是一场分离

你除了发现张合之间的
那一场场告别，也一定发现了
检票口的机闸有时候
也会模仿一副牙齿
某一刻，会把迟疑的舌头
咬疼

一个行为艺术的片段

那次你摸到了
一个女人的身体
在墙角，你还摸到了
水泥冰冷的体温

这次你摸到一根火柴
我的胸口
被轻轻一划
就点燃了

飘来飘去

想着想着
热气就跑到了街上
它们多像是我的
漂泊的朋友

我最好的朋友
总是冒着热气的那种
如同我刚刚经过的
冒着热气的、干净的
街道

自画像

在炉火边缘
我把烤熟的疼痛
分给画布上的那个家伙
也分给他瞳孔中
落寞的纸鸢
我们不说话
只在心里喊一声
对方的名字
世界太小，我们总是相遇！
像秋风遇见落叶
也像杯盏
遇见端起的心思
像一条死路，遇见
放下的行李

故 乡

故乡是一张倦容，疲惫的还有

1.有名有姓的河流

2.白蝴蝶，和野雏菊

3.无声无息的你

观刈麦

一夜就黄，是麦子的幸事
也是南风的
南风只是轻轻吹疼了麦子
而杀入五月的镰刀
（这个有把柄的家伙！）
蓄谋已久

致海子

一直没有机会回答你
世界有多少种颜色
今天，以你的纸稿为席
我们干一杯！
世界有两种颜色，黑色
代表黑色　其他代表谎言

春暖是谎言，花开也是
"诗歌、王位、太阳"……
连送你上路的那截铁轨
也成谎言！

当你的诗句、你所有的语言成为遗言
哪里？是你仅存的国土
世界已经颠倒
你诗句中飞溅的麦粒

像雪崩　也像
大洋流尽

喂！出来走走吧
你都静坐了二十四年
今天很好
阳光晃眼，充满乳汁

端午2014

我把解开绳索的日子
打开白身体，或
红身体的日子
都叫端午

甚至，我把自己黏稠的身体
裹上绿床单的日子
也叫端午

梦回唐朝

水和水，擦不出火花
也擦不出灰尘
这，多么令人失望！
还不如跟我出山，假假地陪我
做一回州官。

在垭口
放把火，再入洞房

红月亮

一件羞于启齿的事
直到现在，仍旧
羞于启齿
这事就像今晚的红月亮
有点悬

那就让它悬着吧！

天　空

天空是一张好餐桌
我们坐下，即为高朋
别怕黑
天空就是一块磨刀石
微风徐来，会越刮
越亮的

现场 2015

拉奥孔

左鬓角比右边的
少一些灰白
胸毛是否也是如此？
关于这点，蛇
他没有交代清楚

蛇，只要求自己做到
比一根绳索温暖
性感。让人类
从此绝望

真理之口

当然，我
也把手伸进去了
那是2015年冬天的事情
那个冬天
我略感欣慰，与羞耻

频　道

电视一夜未关
就让它没完没了地说吧
"维也纳、多瑙河、达·芬奇机场、巴西、失联、
木匠、朋友圈、岛屿、火鸟"

在听见"酱爆肥牛"时
我才睁开眼，看了看窗外
漆黑的饥饿的天空

战　场

战争在水面以下
鱼儿叼走了空弹壳
大一些的叼走了阵地
或裸体的指挥官

如果有一天我浮出水面
我一定是叼走了
一个人的信念
和羞怯

一支烛火

一支烛火
一个穿唐装的人
袖口中
也藏着笛声
烛火摇曳
她的胸口看上去
比诗歌押韵

重　逢

酒前，都以为记住了
对方的肤色
其实，他们只是坐在
假想的雪地上
假装明白
那处掩藏的
深渊

锚　地

在公海上抛竿
钓上一条不属于祖国的
鱼，它看见寂静的洋面上
一条孤单的汽轮
驶过。船舷上悬挂的
两只旧轮胎
它说它想起了人类的
乳房

异　域

借一辆单车
破窗而入，我要骑去
一张悬空的床上

悬空的城市里
总有一只酒瓶
先我倒下。总有一个人
先我进入梦乡

受难者

我手握菜刀，我在想
该不该剁下火鸡火红的翅膀
还是趁酒意正浓，去砍下
生锈的铁钉。让我从十字架上
飞走吧！

重　阳

今天我得到九种褒奖
也受九种惩罚
内心有落差，就相当于
登高了

观影记

男人们头发蓬乱，围着桌子
猜硬币的正反面
像是在赌那个女人
的命运

那个女人
像是猜到了故事的结局
对着我
放声大笑

礼　物

他们送来了酒、剃刀
和围巾
想让我剃掉
胡须，和乱发
再扎上围巾
做个清爽的人

我笑纳了，我只是想
有天我可以先用酒
麻醉了自己
等用剃刀了结自己后
可以用围巾
擦擦手

两个深夜喝酒的人

酒瓶倒了一地
他和她
也在倒地之前
相互询问了一下
对方的名字

地方志

走在铜仁路上
这使我想起远在贵州
和湖南交界的
那个地方
如今，在上海铜仁路上
美国人开的酒吧里
牛肉显然不来自贵州
也不来自湖南

据我所知，在贵州
或湖南，遍地也找不出一个
名叫"山姆"的
放牛的大叔

端午2015

我是自己看守自己的狱警
身上布满了警戒线
我也几乎，是放风时
给自己艾草，或大麻的
典狱长

过了今天
我会亲手把游魂的粽叶
缉拿归案
交给盛夏的牢笼

或许
也会深深缅怀
白色坟墓里，那些
深藏的，甜蜜的
核

黑与白

我隐身的烟囱，炉膛漆黑
只有一盏灯，和牧师的头发
是雪白的
一匹马奔了出来，一匹黑马
奔了出来
它偶尔露出的腹部
也是雪白的

困乏之所

太阳从西边出来
至少在我看来，是这样的
于是，你说你在太阳中熔化
就是一个假设
而那些真的被熔化的万物
谁比谁更值得缅怀？
但又能怎样呢
缅怀不过是另一束阳光
它在世间游移
或熄灭

暴雨将至

我看见枕头，雪白如闪电
暴风雨就要来了
我看见胸衫，雪白如闪电
百叶窗、百叶门相继推开
我看见灯，雪白如闪电
行李箱推出来了，我看见车票
雪白如闪电

最后，我看见一把锁
倒是沉默的

第三者

站在门外
也就是站在黑暗里
可以看见屋内的灶台旁
我在为我自己做晚餐
灯光恰到好处，只让我看见
我身穿雪白衬衫的背影

有时我也会挽留路人
请他们好好看看
这个玩着火的男人
他腹中的空虚

胆小鬼

其实，很多时候
我们的身体里，都住着
胆小的火车
汽笛声里
你我相互抵达，又相互
驶离

地平线

没见过鱼肚白上方灰蓝色的
云彩，就不能算作早起
早起的人都是醒目的
就像鱼肚白上方，灰蓝色的
云彩

就像你身体的地平线上
醒目的鱼肚白

孤独症

在众多的垂钓者中
一个人例外
他把钓竿插在河岸上
闭目静坐
在他脑海中，已经有了
一条鱼
白花花的身体
翻来覆去

色　谱

通常我能听见的哭泣声，还有
花朵盛开的声音
是黑色的

而把自己点燃的声音，完全是
柠檬黄的

莫奈的调色板

又活过了八十九年
背都驼了
上面的颜料也一样
已经长出了
老年斑

只有那瓣睡莲
还像刚出生时一样
水灵
且张开着

双重幻想

昨晚我梦见了小野洋子
我对她讲，我梦见了列侬
她说：他本来就在场啊
坐在另一把
椅子上

反复重叠的影像

脱下礼帽
弹一弹上面的雪花
飞机又晚点了，白教堂
已亮起橘色的门灯
这是美国故事
我们坐着，等神父
被谋杀的情节

这时，你手机响了
与血泊中的神父的手机
合拍。和提着枪的杀手一样
你也提着手机，下楼去
在六月，楼下或许正下着
雪。我这样想

野孩子

黑夜扑面而来，黑夜的头盔上
有硝烟的花环
你把弓箭
当作语言了
芳草萋萋的锁骨之上，芳草
是一群野孩子

少年穿过沐恩堂

今天，我像朝气蓬勃的少年
穿黑色T恤，抽白色的烟
对了，你曾经在树下站着
手捧古籍
有一页咒语，它们
排着队，眼中噙满泪水
提着各自的行李
和受伤的脚

钟声，在那刻
消散了

海 妖

海妖们穿着皮肤
在浪上，走来走去
像是这个星球上
最后的哨兵
或证人
她们知道，海沟中
有凝固的火把
在就快要游过来的
鲸鱼腹中
有床

窗 外

窗外有阳光，有风
有时候，会有一场雨
今天我看见，鲜花凋落
看见巷子很深
斑马线空旷

或许有一天
一只死天鹅飞过
我会看见
雪

现场 2016

接近黄昏

所有的椅子
都是空的
雨水加深了它们的颜色
铁锚上的那只白海鸥
还是白的

负 片

闪电是树枝的负片
我的负片，谋杀现场
粉笔画在地上的那种人形

而一朵玫瑰的负片
则是夏季的，一次疯了的
盛开

在冬季的屋檐下

阳光沉重，怀抱阳光的人
弯腰的弧度
在北风中，接近完美
有时候，我也希望
当我不再年轻的时候
也是一道沉重的阳光，也有
完美的弧度

关于灵魂

今天，我抱着灵魂过夜
这盛放肉体的容器
富足又虚荣
子宫一样的过道里
一面镜子
让我显得我是完整的
如同新生的宇宙

一片雪花，或摩羯座的简介

用"飘"这个字形容降生
就接近一片雪花了
而雪花，不过是那年天堂中
多余的粮食，陈年的面粉

有时，也误以为自己
只是某些殉情者私藏的
一捧砒霜

苦行僧

太阳早早下山后
我向一瓶烈酒迁徙
在你腹中，一万里的羊肠小道上
向着你喊我停下的疼痛
迁徙

傍晚一场突如其来的雨

说着说着，就真的下了
路上的行人，要么淋着雨
要么，撑起了伞
只有一个人
用一件黑衣服，挡在
头顶上
奇怪的是，雨水
并没有因此
变黑

独　享

有那么一个午后
把风景关在窗外
再分辨对岸的钟声
整点，还是半点

时也会说起鸥鸟
说起倏然而过的光阴
偶尔也会叹息，一截扬起的
眉毛

高　铁

高铁长着动物的模样
里面坐着的那些人
也是

比　较

白猫在白天还能看得见
这说明，它们是
两种不同的白
牛奶与烈酒
也是

他们的胸脯
相对，也是

两棵语言不通的树

一般来说
若任其疏远，这两棵树
就会选择沉默
想发生点什么的
就会借助眼神
或肢体

我们也是语言不通的
两棵树，只是我们
眼神呆滞，肢体
笨拙

新生的人

这一天，是七月的一天
七月十七号这天
我对着漆黑的夜空
我不停地数雪花一样
的羊群，我知道
和羊一样的人，才是
亲爱的人

但，这也不能
使呼伦贝尔，或其他
草原上的羊
多些出来

第九交响曲

命运偶尔也会
穿件通红的上衣，这些
都赶不上那些
高挑的比喻

其实，失败也有美感啊
只有失望，才令人
失望

空房子

链条、铁锁
都已生锈
50好几的力气
也敲不开它了

喂！
如果我们进去
面对面
不谈理想
好吗？

忆山东兄弟

酒桌上，频频举杯
所有"不喝了"、"差不多了"
不过是一种说辞
都为用来加深，彼此间的
那些情分

其实，我们是这样想的：
爬了一趟梁山
酒壶怎么可以
不见底

天气报告

最近，我们和英国人一样
有事没事喜欢谈谈天气
说起英国人，我再次
想起了杰拉德，他
从红军退伍了

那个周末，和这个周末
没什么两样
在万里之外我的房子里
我一点也没有看到
那番云雨

朗读者

这是我近几年扮演的
最纯洁的角色了
把黑白的诗行，读到
面红耳赤

我总以为，张夷
到过的地方
就有夷迹。那么
那夜读诗的地方
是否已成遗迹
已经，有人瞻仰？

方　言

在吴语区
匕首都是软的
所以，我杀不了人
和所有浪迹天涯的家伙一样
我只能去，杀一杀
光阴

夜　行

我在
浙江省
杭州市
西湖区
满觉陇路上
散步

满觉陇，这三字引出的困意
会先去占领西湖
再占领杭州市
最后，它会把整个浙江省
都置于
柔软的枕下

微信时代

大清早A就说北京
下雪了
一会儿B又发了图片
再后来C、D、E、F
都不约而同地在说下雪这件事

就这样，雪
越下越大

罗马假日

在西班牙广场
人们学着安妮公主
吃着冰激凌
这时，几个罗马人
向我走来
他们惊飞了一群鸽子
接着又
惊飞了一群

远　夏

我想起了
多年前的小镇
错落的建筑
路灯昏黄

每个窗口都有人站着
他们眺望，或俯瞰
等一辆，或另一辆车
从远方驶来、停下
再驶向远方

冬　至

多年前为取暖
我们要生起通红的
炭炉
记得那时，
我们用画室里
满地的纸团点火
宣纸、毛边纸
还有卫生纸
唉——
我们的秘密啊
就是这样
化成灰烬的

樱 花

看见我从"青樱"出来
有人一脸不高兴
我估计，有人
是把"青樱"看成
"青楼"了

那天午后

两个头像在手机屏上
慢慢接近
你难以理解
这种微妙的移动
只会发生在辽阔的
秋天。只会
虚拟地重叠

万物生长

两只手臂可以构造出
无数种十字架，或刑罚
这样，那些忘掉的沉重里
才会生长出阳光
和相视一笑

镜前的赞美

你赞美镜中的你
我赞美镜中的我
但始终都没有
相互赞美

十字架

墙壁不怎么干净
甚至还有些脏
我手握刮刀
在画布前默哀

我暗想，下一个来访者
要有多大的酒窝
才能接住那些稀释的
樱桃红

一幅壁画

我想在我白色的墙面上
画一整面的山石
如果时间允许，再去画
一扇门，门框内站着
一位穿背带裙的人
这样，我就可以省下
一把精致的锁

重回西归浦

天黑之前，我必须
赶到西归浦。仇人已老
他还想趁着亮
看清我

和多年前的仇恨相比
今天，我手无寸铁
而他也已在擂台之上
摆好了宴席

莫名惊恐

成天双手环抱在胸前的人
我不喜欢。也不喜欢
用相机拍摄这样的
姿态
我担心，持有这种姿势的人
随时会勒死他自己
并嫁祸于我

早晨，我搭免费班车去青州

在青州
一定有个叫青州的人
她一定怀揣着
九州之外，另一个
孤独的
州

（注：青州，属澳门特别行政区）

端午2016

早晨六时的窗外
在一只老虎的眼里
尽是温柔的露水
在今天第一行杂沓的
脚印里
奔走着许多出笼的
蒙羞的绿布

真不情愿在最初的
一两下开闩的声音里
把遥远的楚国等待

那是不会醒来的
苦楚

冰冷的罪人

箭，是农历的
毒，是蜡梅的
脚踝锁骨，是美人的
而射出，或击中
那是我的事情

加州旅馆

所有的门上
都装有相似的
闭门器
它不只是在加州，它可以在世上
任何一个地方

我惊讶于门的这种主动
它让那些有情人
一进门，就可以无辜地轻唤
不实的称谓

风吹未必草动

风在赤壁
草在垓下

风吹未必草动

现场 2017

拱宸桥

一落座便是越国
今天，不说长江
更不说黄河
它们不过是两笔
轻描淡写的
流水账

可自古好酒
总打运河来啊
只可惜天霾人阴
欲举杯，已无兄弟
可邀

兔子效应

一只兔子向我奔来
我不眩晕
三只，或更多
的兔子向我奔来
我也不眩晕

唯独两只兔子
向我奔来
我有点
眩晕

夜泊枫桥

过了枫桥，还需
再过了铁岭关
才是苏州城
不了解这
怎么去见苏州的
娘子？

别怪我没提醒
自打明嘉靖三十六年起
就是这样了

地铁上

对面的美女
盯着手机在咬牙
我估计，手机中一定
有个
更美的人

宴 席

发现没？有些人
喝着喝着
就大方起来了
有些人，正好相反

还有人一些人
喝着喝着
就不省人事了

我要去鸟要去的地方

在窗口与山墙之间
过客的幻灭，与鸟的飞翔
都是有意无意的圣灵
一闪而过

那些没有家园的
一小撮我们
多么令人尴尬
与脸红

好在，家园也不过是
一处亡地
只剩下淅淅沥沥的
还魂的欲望

在灵隐寺

初夏的轮廓
就该是轻微的
那么，还有比你我心中的尘埃
更轻微的吗

估计，飞来峰和冷泉
算一个
估计晨钟暮鼓里的禅意
也是
但你我相互间的
那种索然
例外

"郎香"酒吧

起初，以为"郎香"
是"廊乡"
那种半夜露水，半夜花开的
绿廊

"郎香"这名字挺好
它使我想起了，历史上
那些醉醺醺的美男子
他们经过西湖时
一脸沉重的
样子

东坡肉

再酝酿一次
苏先生当年的醉法
或许要一千年

所以，那些到杭州城
就直奔东坡肉去的
无疑就是《西游记》中
没有吃到唐僧肉的
妖怪的后代

致　S

你我都别费劲了
密封的车窗
我们已经伸不出
告别的手
再说了，浑蛋和浑蛋挥手
也还是浑蛋

别挥了，兄弟
年过半百，做浑蛋的日子
已经不多

初　逢

选择西餐，我们就互为
手握刀叉的人了
所要的啤酒
有三分之一的泡沫
牛排，我要五分熟
这也是我们的
现状

她和她

双年展三楼展区
立着一个无声的人
与今天的每一位参观她的人
都是初逢

一个有声的人
我们也是初逢，是我
要参观的，另一件
作品

无声的人，在为我导读
一部冰冷的非洲史
有声的人，丢过来那件
有体温的大衣
在冬日的上海午后

就像是一个
粉色的
婴儿

观展马克·夏加尔《双重肖像和一杯葡萄酒》

身边最好有个
喜欢葡萄酒的人
这样，我们就会讨论画面中
那杯凝固已久的红酒
它的产地、成色
与口感

或者可以试一下
也去摆个细长的造型
然后啊！在假想的醉乡
拥有一位假想的
情人

一间空空荡荡的房子

两个腹部受寒的人
坐姿暧昧，持续了两个小时
正好是
一场电影的长度
他们之间的战争，也打累了
相互愧疚
然后各自安眠

乱 世

仅仅是一个，被风吹走的
多风的3月
或随船侧倾的
赤条条的肉体
就将云的残余，和
镣铐的偏爱
归还给了交媾的尘埃
然后生产出的一些
与乌云有关，或无中生有的
成语
让我正好可以
借此永生

ULTRASOUND

这是一个音箱的名字
更多时，我听见的
是热蒸汽的声音
有时也会有
穿黑色风衣的人的
脚步声
我觉得它很好地还原了
早期工业时代
女人的声音

她们的丈夫，或情人
要么握着扳手，要么提着
短枪

盛开的都是花

我们有洗刷不掉的
幸福与苦难
如同在阳光下
每一步
我们都会留下
沉重，或欢愉的
污点

唱诗班的吉他手

所以说，因为皮肤润洁
他们才喜欢
雀斑一样的鼓皮
成天噪来噪往
他们只是六根流汗的
琴弦

为什么不是六根
生锈的明天呢？

有人走在我前方

没看错，他背着个
涂着荧光粉的吉他包
那时日落西山
他金光闪闪

有一刻，我怀疑
是不是每一个乐手
都是一个自焚的
家伙

还是关于音箱

只是，这个年代更久
久远到要虚掩着门
才可以听见
伴奏的冷风，或自语

新主人，是一个
漂亮的孩子

皇马夺冠及其他

今天我想起
一个生于1895年的人
另一个
生于1955年的建筑
他们都叫
圣地亚哥·伯纳乌

今天，我还想起
一些人，他们
无名
无姓

比较学

当邻座的鼾声
盖过飞机的引擎声时
那天的旅程
才显出了它的意义
相比较，我还是
喜欢鼾声多一些

毕竟，那还是有一点
人味的

青衣城外

青青一点，就看到了
一个人眼中，满山的
血瘀。看到藏在城里的
无魂的衫裙，它们独缺的
那种颜色

青衣城外就是离岛了
而离岛，又多像是
一个人的身世

后来我才懂，只有身世简单的人
才会有一个岛外之岛
也才能遇上一个
人外之人

（注：青衣城，属香港特别行政区）

黄色预警

天气报告说
雷雨下到了这个城
也下到了那个城

那么，正从这个城
去那个城的人
后脑勺上
是否正在生长出一截
被闪电照亮的
受潮的枕木

画布上的旅途

她总会想起一些光
泞淖的乡间公路
以及，冒着热气的
牛羊圈
记得太阳刚刚西下
在莫塔瓦湖畔
她就躺下了
胸口的沟壑间
停满了，初夏的
蜻蜓

未完待续

我，还没有和你们讨论过
钟楼里的鸽子
它的嘴，叼着鸢尾的紫色
轻轻一吹，蜡烛
就被点亮了
在北方，夕阳被轻轻一吹
变成了床前的月色
轻轻一吹，落叶里面
就会多出一片，落寞的
南方的容颜

是蜡烛终会发光

火苗起伏
墙上挂画的钢钉
也在起伏

想象不出
画，挂上去后是什么状况
画面里，野草与星空
会不会起伏？
他们走进画面，会不会
也起伏？

路　况

黑棕色的头发盖住了她的脸
脸，是个谜团
她自己知道
那刻，她嘴角上扬
眼睛慢慢睁开

钟楼上的指针指向五点
很多的鸽子飞起来
闪动的光芒
侵入卧室
她感到腹部
微微凸起，鸽子般的
欲望

春 景

餐车推进来的时候
正好有一群水鸟飞过
他看见车的尾气
飘着，异乡的气息

他想，如果身体
有一个部位疼痛
他会去一面镜子前
接受洗礼，洗出
漫山遍野的
花

指　纹

阳光从树叶间落下
黄泥路上的
那些斑斑点点
让我看见
我，去年去时的车辙
还在

那天他们各自停车
在树下喝酒，扇对方的耳光
似乎都是
一件光荣的事

直到喝尽最后一滴酒
才各奔东西
不过，他们都记住了
车辙是在一百米后
消失的

寄　语

一个地方
哪里只允许做两件事
喝酒，或其他
那里所有的椅子
都是坏的
人们只有两种姿势
站着，或不站着

在新年的前夜
我的眼里
那里也只有两种存在
动物，或静物

四 月

任何季节，鸟翅膀都会
染上田野的颜色
四月生长着怎样的油彩
鸟，一定知道
它从不回避，从不
向风透露

它有时也会从邻村飞来
带着暮色